Kaoru

當你問我刺蝟也能擁抱嗎？

阿嚕Kaoru——文

輯一　「成為刺蝟」

輯二

「夜裡迷路」

輯三

「尋找光亮」

作者序

故事的開始

當你問我刺蝟也能擁抱嗎？是一本寫給刺蝟的書。

所謂刺蝟，是一群害怕被愛卻又渴望被愛的人，同時，他們也具備著滿滿的愛。曾經，有一個人告訴我刺蝟的習性：刺蝟是一種極具警戒心的動物，平時只願意給熟悉的人捧在掌心，如果感覺危險，牠便會豎起天生的尖刺。如果牠願意親近你，或許會先用鼻子輕輕地嗅聞你，接著才讓你撫摸。

總而言之，刺蝟就是這樣一種可愛的生物，用牠的刺，來保護自己。就像現代人一樣，即使明白人心險惡，仍然選擇善良，永遠期待對方會用溫柔來感化自己，如同自己的渴望一樣。

然而，在這份理由之上，這也是本告別之書，用來告別我身上的刺蝟身分。因為當時告訴我刺蝟習性的人，正是傷我極重的人。我是渴望被愛的，他也是。後來，他的離去對我造成不小的打擊，於是催生了「當你問我刺蝟也能擁抱嗎？」的疑問。因為我遲遲無法理解，明明是那人先接近脆弱的我，為何又用滿身的刺來扎傷我？

心理學中有個「刺蝟困境」，我們擁抱直到找到彼此都舒服的距離。我懂你的痛，明白你的淚；你瞭我的傷，理解我的缺。當你問我刺蝟也能擁抱嗎，我心想的是，如果是你，即使扎痛了也是甜美的。

這本書的出版，帶給我非凡的意義：告訴我刺蝟也是值得被看見、告訴我世上不只我一個人有這樣的感受，在文字的爬梳當中，彷彿看見一隻受傷的小刺蝟努力用自己的步伐匍匐前進，嘗試前往有愛的方向、有光的所在，過程中相信著各種希望的模樣，把各種祕密放在心底，慢慢品嘗那些酸苦中的甜。

每根刺都是一個故事，在刺傷人之前，必然有些說不出口的痛，並非所有刺蝟都是自願傷人的，包含我遇見的那一隻。因此，如果你也是隻刺蝟，好奇刺蝟的心情，甚至期許被理解，都歡迎你讀這本書。或許，你會發現自己一點也不孤獨，就像我希望透過書寫表達的，每個人都並非一座孤島，而身為刺蝟的我們，從來都不會只有一隻，我們一點也不寂寞。

輯一

「成為刺蝟」

我們都是一隻刺蝟，
在謊言與謊言之間來回穿梭，
欺騙自己並不難過。

初衷

如果我們初衷
都一樣是「你好就好」
那為什麼人們
終究有分開的時候

剛在一起時，最喜歡對方瞇瞇笑著的時候，春光乍現，趕跑了冬天的寒意，感覺到溫暖的心，所以安心又開心，都是讓人最滿足的事情。

但換作是自己，卻開始害怕自己要求得太多，會給對方壓力，即使人們都說，真愛裡面不會在乎誰給的多少。但你仍習慣一直付出，總比接受的好。你習慣把自己給得一無所有，義無反顧地深愛一場，沒有後路，也沒想過後路，所以你總是遍體鱗傷，你太明白自己一愛就是充耳不聞的盲目，縱然磕磕碰碰，你不怕痛，只怕錯過。

記得一年冬天，一顆愛文字的心忐忑不安地想去書展，但寒流侵襲，我又恐懼獨自出行。拿不定主意的我於是問K希望怎麼樣，他說只要我快樂就好；他反問我，那我希望怎麼樣，我也只想他快樂就好。我們初衷一樣，只是方法不同。我不願委屈他，他只想對我好，這反而令我更加不捨與渴望，盼求自己牽了他，就能不放手；期許他愛了我，就是永遠不變。

假設我們年年都許下與對方有關的第三個願望，一個永恆的祕密，那是不是就沒有到不了的地方，也沒有人會再受傷？

當你問我刺蝟也能擁抱嗎，是的，當他感覺安心的時候。或者這麼說，他從來就只是奢望一個擁抱，有個人走過來，摸摸他，告訴他不必再害怕。彼此都不必再茫然徘徊，盡情相愛，不要分開。

這樣的我

喜歡一個人是什麼樣的心情？讓某個人進入你的生活，進入你的人生和幻想，在城市的巷弄或路口，留下曾牽手走過的殘影。儘管來不及看清，就變成了曾經。但我明白這一切只是習慣，只要習慣一個人，只要習慣你不在。

受傷過的人，在愛情再次出現時，總是畏縮害怕同一件事情：「這樣的我，真的可以嗎？」

在被丟失之後，在被比較以後，在作繭自縛再變成刺蝟的現在，幾乎忘了怎麼毫無保留再去相信一個人會純然地愛自己。他分手的話語擲地有聲，以為他不善言辭，但現在看來不過只是不夠愛。我們只是將就，在兩個人最痛苦的時候，碰見、而後習慣。

誰做錯了什麼嗎，真的有錯嗎，人生不是本來就是聚散無常嗎，愛上了誰，就真的有結局嗎？其實我們都知道答案啊，只是我們從來不肯坦誠面對自己的脆弱，還有對方的感受，在他那些最細微的改變之下。相見最後一天，他從沒有呼喊我的名字，多麼陌生。

在碰見下一個人的時候，不知所措，連笑容都僵硬地計算。我不知道，要怎麼再讓一個人好好地愛我，然後永遠愛我。

當你問我，刺蝟也能擁抱嗎，我回答你，在那之前，刺蝟得先自己張開手才行，只是他太習慣有人離開，需要點時間把害怕的尖刺收起來。

錯過

比起做錯
更害怕與你錯過

默數了自己與你相見以來的日子，問了醫生這是第幾次碰面，感覺那些故事都已是好久遠以前的事。

上一秒你還捎來北方的訊息，下一刻就快樂地讓你摟在懷裡，再轉瞬，我又離開了有你的烏托邦，回到只有自己的小樹洞。

問了你八百次你會愛我多久，你一再承諾，也補不了我內心的那個破洞。我失敗過、墮落過、傷害過人也被傷害過，我們都是風塵僕僕的旅人，只是想要一個家，可以好好地喝杯熱茶，或者說聲歡迎回來。在睡前互道晚安，在清醒後仍然擁抱。

我說我不是個很好的人，我清楚我自己。但你說你沉溺與我相處的快樂，而明明我也同樣享受，為何總想要逃脫？

那是因為害怕失去的人，總要在失去之前做好心理準備，這樣真正面臨時，才不至於連自己支離的碎片都拾回不了。

那是因為愛一個人，注定做不回原來的自己。

只是啊，雖然愛情是件如此折磨人的事，但比起做錯，我更害怕與你錯過。

痛就痛吧，也不是沒痛過；但若此生沒與你愛過，就算白活。在睜眼與閉眼之間，想像你始終望向我的眼眸，如孩子般快樂的清澈，現實的匆忙也沖不亂我們緊牽的手。

如果你問我刺蝟也能擁抱嗎，只要你願意，他就願意收攏尖刺，好好享受一次擁抱。只有經歷過的人才知道，愛情來去的時候，其實都是沒有聲音的，所以不如好好把握，然後記住彼此最相愛的時候，原來是那樣澄澈動人。

不在你身旁

只想參與一些
不在你一旁的時光

放假的時候，無所事事，就滑滑手機。首先點進你的個人頁面，或者一遍又一遍輪播著你的限時動態。看你笑嘻嘻地在陽光下喝著飲料，或是在草地上閉眼享受的模樣，掌鏡的是誰，我不想知道，只好奇那個瞬間你的腦海裡想著什麼。

思索了許多，反覆刪減字句，退出了又點進去，只傳了一句哈哈，試圖讓你注意。多麼幼稚而無趣，開了話題，期盼你的回應，在第一秒竊喜，第二秒擔心，第三秒受寵若驚，下一句該回什麼，才能繼續我們這沒有意義的對話呢？

或許我只是想見你一面而已。不是透過螢幕，不是經過對話，而是真真切切地有溫度的擁抱。那種指頭陷進對方衣服的觸感，那種呼息在耳邊輕聲搔弄的感受，而在真正見到你的時候，我們又進入一種茫然的迴圈，你滑你的臉書，我看我的通訊軟體，唯獨不提愛。因為恐懼提及的瞬間，兩人的警鐘又都要打響。

成為一隻刺蝟很簡單，但張開雙手卻很難。想信賴，卻又不敢輕易信賴。想被愛，但首先不敢再愛。明明知道所有美好事物都不是容易得到的東西，卻又害怕嘗試的可能。知足好難，因為我對於你，永遠都不滿足。所以我最後按下一顆愛心，你也丟回一樣的訊息，假裝什麼都沒發生，而我們什麼都沒察覺，包含那些微光與火花、關心與在乎，全都扔到虛無的夜晚裡。

現在，好想躲回洞裡，或是有個人來抱我，這個滿身是刺的我，遍體鱗傷的我，然後在我失控的時候，告訴我：沒關係，不管你心裡住著什麼樣的野獸，我都喜歡那樣懷著黑暗的你，這不是你的錯啊，讓我陪你一起度過。

傻瓜

又夢見你了，多麼可怕的事情，一樣拖著行李箱，一樣雀躍的心情，然後一樣的劇碼。每個自卑的人，心中都有一個害怕被拋棄的孩子。

你以為我不明白，其實我比誰都清楚，如果有人不愛我，那也是我的錯。這是無上限的溫柔，寧可自傷勝過傷人，錯以為這樣就是最好的結果。

你總愛說我是傻瓜，但只有你知道，其實我一點也不傻。我看得出你漸漸喪失熱情，把目光轉向別的地方；我感覺得到溫度的改變。我默默地感受，只是選擇不說，因為你告訴過我：「只要願意等待，最後一定會雨過天晴。」我信了，於是在原地打轉著，結果換來你一句想和我討論彼此是不是不適合。

夢裡面你說要去忙自己的事情，要離開，留我在一個全然陌生的環境裡。外頭滂沱大雨，我憤而提起行李箱奔出大門，你沒有追，只是在後來的電話裡責備我的情緒化，依然故我地去往你想去的地方。我感覺這場雨也不過是來遲的悼念，悼念我們逝去的愛情。

我傻嗎，我不傻，也最傻。在你身邊，把自己變得不像自己，捏塑成另一個誰，只為討你歡心。直到很久以後我才知道，不必改變，也值得被關注和擁抱；不必總是擔心和失望，就能被愛得深刻。

當你問我刺蝟也能擁抱嗎，如果他遇見了另一隻刺蝟，他會明白對方也是同類，而彼此都有著最溫柔的想望，可以收起尖刺，儘管柔軟和坦蕩。

記得嗎

記得嗎，你說：「你笑起來真好看。」所以我們一瞬間相視，臉紅心跳，就都笑了。

沒說的是，我也同樣喜歡你笑的時候，尤其是因我而揚起嘴角。那時的我內心是被滿足所膨脹的氣球，好像手握著就能飛上藍天。

曖昧的好，在於我們互相眉來眼去，卻都不敢聲張自己的心已然被對方偷去。

與其這樣說，不如說是我們在對方夜寐的時候，恰巧失眠，於是靈魂出竅，悄悄登門把心擱在對方枕邊。在天亮以後，裝作什麼都沒有，自然地想起他，道聲早安，問他是否吃飽穿暖，還有路上小心，一日平安。

可你總是想著他。走路時想他，買飯時想他，看書時想他，上課時想他，你呼吸的每個瞬間都想他。只是你不敢靠得太近，怕自己渾身的刺扎傷了誰，又或者上回的疼仍未痊癒。你以為自己已經不能再次愛誰，一如初生那樣的喜悅。

只是當他說了句讚美，純粹地、無意地，仿若世上最無邪的事情就是兩人痴情地談一場義無反顧的戀愛。

人生不就圖個快樂與無悔，去掉了情仇，也就少去了許多值得回望的風景、心底記憶的痕跡。但凡走過，為何不留痕跡，只管寫下你自己的歷史和注解。

祝你

我有好多祕密，其中大多關於你。像天上的星星那樣閃爍在夜空，抬頭就能看見，卻不知曉其姓名，只是它仍在那裡悄悄看著你，衡量著自己能不能靠近，又可以靠得多近，我能碰你嗎，可不可以讓我知道你的頭髮是不是如我想像中柔軟的觸感。

想祝你風雨無阻，有堅定的意志，去突破所有困境，在受傷以後還是相信愛存在每個人身體裡，明白上個傷你的不會是下個愛你的，曉得事件不會重複發生，而你並沒有錯。

當你問我刺蝟也能擁抱嗎，其實你是想要我抱你的吧，在經過那麼多風雨之後，順過你焦慮的靈魂，深呼吸再深呼吸，看著你的眼睛，我也看見我自己。

我愛你，不用懷疑。如果你還是不相信，就讓光陰慢慢說明，不要著急，當我的寶貝，真的寶貝，想哭就哭，想笑就笑，我陪你。

心碎後失眠

總在深深夜裡想起許多事情，例如文字的意義是情緒的載體，語言賦予了我們能力去說明，但我們的心有那麼多想說的，卻常常隻字不提。

即使多麼難受還是假裝沒關係，要體諒要溫柔要善良或是要退讓。你害怕對方的離開卻使得自己越縮越小，在偌大的房間，你只是希望他快樂一點，而你在或不在並不影響這些。

當你發現，你會是什麼樣的表情呢？詫異或震驚，還是並不意外這天的來臨。太晚了，你該睡了，即使你總為了某些人心碎再失眠，天亮又天黑。你只是想要被愛，於是你很愛很愛。以為給得夠多，對方就會捨不得自己一點。

到今天還是不知道怎麼言喻，是失敗了還是必然的離去。當你問我刺蝟也能擁抱嗎，你還想抱我嗎，在我遍體鱗傷之後，甚至可能扎傷你啊。

懷念純真的曾經，奮不顧身愛一個人的衝勁。抱抱我吧，如果我們一樣流著淚水，走了好遠才來到這裡。

你也是一隻刺蝟嗎？
不敢露出，你柔軟的一面，
所以笑著笑著，還是不知道
眼淚從何而來。

不能

我和你約好了
只是後來是誰先累了
我們都不記得了

曾經我也想給誰幸福，承諾了好多事情，因為一些小小的約定就可以開心好久，只是我總是弄巧成拙，我是想把握的，卻越握越心痛，像抓著一手沙子，仍然眼見它從縫中流去。

然後我就開始想了：是不是有別人可以對你比我待你更好。至少不讓你擔心，不讓你難受，至少的至少，他很堅強，沒有我這麼軟弱；不會想抱你，卻意識到自己不能。不會有曾經束縛著他，讓他不敢去愛。

壞人

坑坑洞洞
遇過好人
就也遇過壞人

人生真是一條很長的路，不知道盡處是崖是村，是安詳還是鬧騰。用自己的節奏緩行著，途中遇過太多故事，用光陰的篩子沙沙地篩去那些想要與不想要的。

只是留下的不論好壞，都在那裡擺著，偶爾瞥見覺得不快，卻扔也扔不掉，像是房間裡設計錯誤的梁柱。

但又覺得歲月好短，短的是轉瞬我們就不愛了，錯過在某個還會對彼此笑的時候，渾然不曉得今日的我會對你說出殘忍的話。

今天看見一隻刺蝟，他只愛主人的氣味而不投他人的掌心，即使怎麼討好，刺蝟不要就是不要。畢竟認定了之後要怎麼遺忘。

「我從牠睜開眼時就開始養牠了，只是還沒有取過名字。」可是牠記得你是誰，你是牠甫出世就看見的那個人。我祝福他們，只是帽下的眼眶默默噙淚。你這壞人。

失落

在我最失落的時候
遇見了你，失去了你
也不過只是加倍的
寂寞和自卑而已

以為遇見了誰，能夠安慰自己所有疼痛的傷痕。在所有隱忍的背後，沉默不說，卻還是讓你知道了我的煎熬。獨自喝酒在人聲紛雜的便利商店，而你身著輕便，匆匆地奔來，踏進店門看見兩眼朦朧的我，只是問了句：「心情不好嗎？」這是關於戀愛的初相見，在此以前我們不過是朋友的往來而已。

我不知道該說什麼，於是沒說什麼，在那個時候只想盡情地任性、叛逆，不往誰的期望裡活，也不把自己強塞進人世的方格裡。我繼續喝酒。很難喝，很討厭，還記得是櫻花季節的限定啤酒，粉紅色的瓶身，像是呼應著兩人之間的氛圍。直到此時，仍惦記著泡沫似的浪漫。

曾與你相談至天明，或是整日隻字未提。假設你不解我為何不開心，便會帶我去我喜歡的老地方，然後我們就會和好。很簡單，很直接，抱一個，然後就沒事。只是後來的我抱了你，你並沒有沒事。我也沒有讓你再見我一次，我承受不住那種感覺。

即使折磨至此，恨你仍是力不從心的事。我說討厭你，不提你，說要過得比你好上百倍，卻欲蓋彌彰我忘不掉的事實。在任何時候，我仍會輕易地想起你。

在我最失落的時候，遇見了你，從情緒的坑中被拉起，再失去了你，重新跌回失落的谷裡，也不過是加倍的寂寞和自卑而已。人生，並不能說想回到原點，就重新來過。如果你知道就好了，我曾是那樣深信不疑。相信我們到後來可以真的幸福到底。

我曾經很好

只是突然某一天
心上破了一個洞

這是一個很長的故事，有海、有我、沒有紛擾，安靜的小島，和外婆住在澎湖七美。不識字，不懂文，只知道清晨早起時天邊的雲彩真的是繽紛的五顏六色；爬上三合院頂瓦時的遠景更是一面無際的藍。

我好愛那時候孤獨的自己能夠徹底享受沒有人的生活。知道有人愛我，明白沒人會輕易拋下我，那叫家人。長大以後，同窗之間傳遞的紙條喚做友情；沒人注意的時候自然牽起你的手，叫戀愛。

我曾經是個很好的人：讀書讓我有成就感，可以逃脫恐怖情人的打壓，數字的攀升讓我明顯增加自信。後來我找見浮木，不論如何，溺者是不會選擇的。於是這次我決心要在海上生存下來。我不停地改變自己就只是想要看見他笑。

知道嗎，喜歡的人笑的時候，心中那顆氣球真的會膨脹至極，好像最快樂也就是這樣了。只是當氣球破了，街燈暗了，慢慢地，他很少對自己笑了，你也是知道的。

我開始流浪，透過一次又一次的談話重新剖析自己，以為只要符合別人的喜好就能被接受，就像看見題目時總有一個正確答案。我信奉公平，以為一加一就是二，但其實不是的，這世界並沒有那麼美好容易。

我沒有要怪罪任何人，自那以後我沮喪不已，心裡牢記他說的：「你這輩子就如此悲觀了，我無法與你共度餘生。」被徹底否定時，我很確定心裡有什麼東西碎掉，但我沒有說什麼，只說知道了，因為當一個人要走的時候，過多的拉扯只會讓他疼痛而已。

所有人要我練習為自己活，至少信賴自己孤獨時仍然可以快樂的能力，但我怎麼回憶都是在澎湖的日子，我會悄悄地靠近小貓，以為彼此可以溝通；會跑到鄰居家幫忙掃那永遠清不完的風沙。

我只是想要被愛。只是很想很想被瞭解，但我越靠近這世界的真實，我越發現他們從我身上要的根本不是一樣的。他們的眼光，我的想望，明明一樣是擁抱啊。

當你問我刺蝟也能擁抱嗎，他連自己都偶爾扎痛了。至少，我聽過不少案例是刺蝟將自己不小心扎死了，因為在擁抱以前，他試圖擁抱自己。

即使我不懂世間的種種道理，但憤世嫉俗一些，我真的不想再相信人類之間的語言了。善良有什麼用，對方根本不理解的話，不過只是矯情的答應罷了，包含那些天長地久，還有一切的「下次再說」。最後，還是我不好，所以對方才會選擇離開，而不是留下來與我敍話。對不起，對不起是給彼此的。我說自己並不是那麼在乎。我總是說謊，卻又有更多的謊。像是一隻刺蝟，為自己安上一根又一根的尖刺。

其實，我們都是一隻刺蝟，在謊言與謊言之間來回穿梭，欺騙自己並不難過。

珍寶

我們曾互相視作珍寶，只是最後我們沒有在一起，只因相愛沒有朋友的長。在這個時代，關係的維繫反而變得很難很難。那些交心的、深刻的，就像風蝕的沙岩，慢慢地消失不見。

我渴望一段關係永恆不變，想擁抱就擁抱，牽手就牽手，不用更多，只要你記得我就好。在我最痛苦的時候，還有一個人會試著瞭解我的悲傷。你是這樣的人，不打算從我身上拿走什麼，從最初開始到今天，你沒有變過答案。

我喜歡過你，討厭過你，當過你的知己，也疏離過你。在任何時候，你還是依然故我的模樣。你總讓我知道世界不必黑白分明，而人們也並非每個都是真心待我。

你看過我最落魄脆弱的時刻，我見過你隱瞞欺騙的真相。即使沒有在一起，我們也能像家人一樣彼此關懷，做彼此的避風港，在風雨來時陪伴。謝謝你，陪我瘋，任我狂，總是只要我好好的就好。當你問我刺蝟也能擁抱嗎，才知道原來我們都是一樣的渴望被愛。

遇見你

遇見你，在人生最茫然的時刻；喜歡你，卻是一開始就決定的事情。你說那是什麼感覺，或許是一見鍾情，但更像是在好久以前我就在找一個人，只是尋覓、等待、信賴，擺渡幾個過客，揮別幾段緣分才走到這。

即使如此，我仍然懷疑真愛的後來都怎麼了，是像西洋浪漫電影那樣手拉手跳著旋舞，還是像日劇裡面目送對方離開，或是始終含淚卻笑著說沒事的電視八點檔呢。

我喜歡你，但能怎樣。我們相愛，而未來呢。計畫著、奢望著，最後我只希望此刻可以好好陪伴著。當你問我刺蝟也能擁抱嗎，能，但他永遠不會忘掉自己是隻刺蝟。已經是，就一直是，就算你想他忘掉自己的刺也很難。

比起遺忘，接受月亮的背面充滿瘡疤總是比較簡單。以為時間淡化就好，其實只是明白故事寫下了就無法塗改。再等等吧。等你回頭看見我，等我抬頭不哭了。

你的定義

不知道怎麼定義你
是朋友、是家人
還是注定不能愛的某個人

有時我會想到分開，在那之前不如不要更進一步，就像過去的經驗告訴了我，有時以為我們會走很遠，但更多可能是生活裡的小石子就把我們磨蝕了。那些柴米油鹽的累積，在後來也變成按表操課的事情，不再那麼甜蜜，也不用再提及彼此心意；而兩人原本親暱的雙人床，也漸漸地越睡越遼闊，睡著、睡著就變回了兩張單人床。在哪裡睡，都一樣寂寞。

所以我不知道如何看待你，是將你當作一輩子的摯友，沒血緣的家人，還是注定不能愛的一個人。愛太痛了，不愛也是。

當你問我刺蝟也能擁抱嗎，你是不是也想抱我，即使受傷，也沒關係嗎。雖然對於你，我終究是渴望擁抱的，但矛盾的刺總是扎著我，當流血成了習慣，縱使再愛，也痲痺得不願再輕易往前了。

時間就是最好的解藥，
讓時間治癒自己，
在找尋愛情的路上
不疾不徐。

喜歡或愛

我喜歡你
是之前的事
現在
我愛著你

你知道喜歡是一種感覺，樂於跟一個誰待在同個空間，即使什麼都不

當你問我
刺蝟也能擁抱嗎？

說也是快樂的，但愛又是另一種層次，會讓人開始思考如何才算讓對方真正幸福。當你遇見一個人，你會不自覺思考這是喜歡還是愛，而對方又是如何看待自己，能不能有相同分量的在乎。

每每觸及這個問題，我總是很傷心。喜歡你、愛著你，甚至可以說自私地不知所以，我害怕與任何人在一起。我曾經滿懷信心自己可以，事實證明我不行。

與其那樣子，我好想有個人代替我給你未來和夢想。比起我，更好、更好的一個人。當你問我刺蝟也能擁抱嗎，但是擁抱之後，就算到後來、更後來，他都還是一隻刺蝟啊。

宿命

以為自己真可以
令誰幸福了
但總是又讓誰
失望受傷

說上再多次的抱歉也改變不了事實，這世上沒有永遠的受害者，在此同時我也加害著誰吧。我嘗試離群索居，不想成為一顆丟入池子的頑石，激起人們一陣陣漣漪。

不想你不快樂。沒想過自己能讓你快樂。怎麼想都覺得遲早會把你弄痛的我，要怎麼把自己偽裝成好人。

有人問過我，你曾為自己想要過什麼目標嗎？

我沉默了。到現在我還是不知道，可能曾經有，但我發現落空的感覺實在太可怕了。假如落空，彷彿又會變回原本無助的那個自己，重新撿起的勇氣全部又要丟失，好不容易拼回的靈魂也會再一次破碎不堪。

在追求過以後，才知道邁步的每一個動作都是一次嘗試，嘗試與世界溝通、嘗試跟命運挑戰，但是如果不前進，只是一直原地哭泣卻也是不行的，不會有結果的。這是我們這個刺蝟世代的宿命：膽小、害怕但又心懷夢想。但是這樣的我們也是可以一搏的，彷彿從懸崖上縱身跳下，誰知道底下是不是滿坑滿谷的花香。

弄丟

不知何時弄丟了
只是心裡一直空空的
一見你就刺痛

弄丟東西的時候，你會開始回憶：是真的丟了，還是打從一開始就不曾擁有過。

擁有的時候百般珍惜，但是失去的時候又惶惶不知，像是從來不屬於自己，因為你根本無法阻止他的離去。你曾經試過挽回，但挽回沒有意義，你跪下、你痛哭、你食不下嚥，你如此淒慘，但他不屑一顧。如果早知道會失去，你還敢去享受一點點對方帶給你的幸福嗎。

好像生活的拼圖不知被誰拿走一片，永遠都不能完整了。只是執著完整也是種過分的頑固。

可能我們得練習抬頭，不要任由眼淚一直放肆地流，看看天空的星星，體會沒有你的現在，然後說服自己值得下一個幸福。在不流淚的剎那，看見另一個對自己微笑的好人。

與你有關

有的城市後來
不想再去
騙人和你沒有關係
卻騙不了自己
酸澀的內心

曾經因為你而跟著喜歡上某些東西，在分開之後便討厭起它們。過去愛吃的食物我不想吃了，害怕餐點來時眼前都是與你歡笑的畫面，於是習慣的口味換過一遍又一遍。

好像只能這樣把你從生活裡屏除，只有如此才能給自己一點空間，卻忘記在遇見你之前，自己是怎麼笑的。到現在，我還是沒有再去那個城市。想起來就不願回憶的事情更多得是。

想見你一面狠狠罵你，但又清楚不過，屆時的自己只會無語自責：是我不夠好，或是我太好，不管哪一邊，你都不要。

位置

如果世界還記得
留一個位置給我
是不是人生就不會
那麼痛

身為刺蝟，我懂得一件事：與其受傷，不如在被人傷害以前，學會保持距離。

我對你說，我不想再愛了，不想再生活，或許這個世界並沒有為我留下一個位置，但我沒說的是，其實我不想再受傷了。

他說：「這不是你的錯。」只是世上本來就有千百萬種人，我聽了以後哭得更慘了。我一直以來以為的，只要我給得夠多，對方自然感受得到他對我有多重要。只是我的以為，都只是我以為。騙自己說都算了吧，過去的事情還能怎麼辦呢。可是到了晚上，枕畔還是會迎來它的梅雨季。

我很喜歡的日本昭和時期詩人，寺內壽太郎，他曾寫下：「生而在世，我很抱歉。」這句大家都熟悉不已的詩句。這份抱歉是濃縮的悲哀與眼淚，對不起，我還不夠好。與其這樣說，不如知道怎麼改進，但對於寫者來說，就連「生活」都已變成難事。

當你問我刺蝟也能擁抱嗎，他不想被自己的刺扎痛，他喜歡那些柔軟蓬鬆的夥伴，但最終只能做他自己，在不小心傷害人時說出對不起。

到後來，我也不想追究錯的多寡，我只是很在乎、很在乎某個人，所以願意付出。

可惜這想法終究是狹隘了，哪有開了籠子的鳥，不想飛出去看看蒼空；哪有愛你的人，甫對你告白就千真萬確。他的快樂，已經與你無關，你的眼淚，他不會心疼那麼一點點。也許，我們都該學著清醒一點。

下雨時

1

有太多不經意的巧合，會看見彼此都在刺探兩人的距離可以多靠近。會不會是自己想太多，有沒有可能其實你也有點喜歡我，是不是我這樣做就能讓你忍不住抬起無聊的眼眸。

下雨時可以跟你借把傘嗎，然後晴天的時候就和我説説話吧。在我們都被雨景包圍的時候，悄悄地喜歡你，這樣也是一種浪漫嗎。

　　誰叫你借走我破碎的心，我只好問起你塵封的傘。如果不在意，我們散散步也很好。假使可以，一輩子也沒關係的那種。

2

　　愛你的時候全盤托出，分開以後仍然慢慢與你的名字生疏。被愛與被寵，是每個人都渴望的事情。

　　只是下雨時能跟你借把傘嗎，無論雨季，或者天晴，我都想和你站在一起。很任性對吧，但愛本身就是任性妄為才能成立的情緒，我無法決定什麼時候開始或結束。只是常常想著你，想你過得好嗎，想你也曾借走我的傘，也曾走過別人的生命。

3

常常問你確不確定，害怕自己哪一天又胡亂地被拋棄，不安如蟻，心躁不寧。但你總是一次又一次地要我有信心。有信心太難了，所以即使只有幾秒鐘，也想要站在你身邊。

這是一場不知何時下完的雨，你會不會陪我等雨停後的天晴，會不會畫出最好看的虹告訴我人生沒有想像中那麼難

在雨停之前，你答應我了，所以我信了，彷彿愛情就該是這個樣子，總有一個人願意去接住另一個人灰暗的掉落，再輕撫過他臉上的水滴。

我會愛你。你再次如此聲明。忘記也沒關係，這是個可以重複回應一輩子的約定。

後來

在人群中
偏偏遇見你

成千上萬的人海裡，你的模樣格外清晰。夢裡頭還能夠呼喊你，卻怎麼也叫不了你一次回頭。你是不會回首的人，我是過度執著、悶心自責的人。身為朋友，我不夠格。你曾說你只把祕密告訴我，那後來那些祕密呢。

當你問我刺蝟也能擁抱嗎，我們都試過了，笑得彷彿彼此從未受傷過，忘掉原有的規律。所以一旦回到正軌，刺蝟又想起傷疤是會疼的，一點點刺激都讓他失控。

所以一切失速墜落。你走了，我走了，沒有人留下，沒有人可以道歉或擁抱。我常常說：「抱一個和好。」也無非是把自己壓縮到極限，只想對方的心底，能夠勉強塞放一個自己的姓名。

不適合

以前經常想你
現在依然想你
只是說了再見後
就再也不見了

分開多久了，沒有人敢問起後來故事是如何急轉直下的，只有你我清楚泡泡崩破的聲音，其實在很久很久以前，就偶然在耳邊聽見。

總是找不到一個好的理由或藉口，就乾脆把原因推給不適合，別再糾結，是彼此最後的溫柔。那些承諾，往後就當作説説，從來不那麼真誠。

依然不明白，怎麼那麼愛的人都可以説不愛就不愛。

當你問我刺蝟也能擁抱嗎，你只是喜歡對方只相信你的那種特別感吧，所以你也利用這份特別，反過來狠狠傷害好不容易安下心的刺蝟。

最可怕的不是顯而易見地傷自己的人，而是明明讓自己哭腫了眼，還記得給自己面紙的人。「別讓我變成罪人。」直到劇終，你都自私地希望是我把責任扛了。

你願意嗎

準備好
一起下潛
到更深的地方
認識更深的
自己

你會不會和我一樣意識到，自己是從何時開始變成這樣具有自保意識的人？是從哪個對象，還是某個事件？如果我拉你的手，問你願不願意下潛到你曾經最不堪的時候，你願意嗎。

只因為人們都說命運讓我們經歷這些不會是白費，總有些機會和經歷，若沒體驗，怎能理解。

如果你不是這樣的人，我們要怎麼互相理解，要怎麼擁抱彼此的最脆弱。所以受傷後的疤，反而成為同行的羈絆。

告訴我，你也是這樣走過來了；告訴我，人都有痛苦的時候；告訴我，時間不會就這樣停下，我們還有很好的生活。

最美的星星

不確定離開的時候你是什麼表情，在彼此都往另一個方向走去之後，還有沒有人頻頻回顧，只因為口袋掏出的一點回憶、腦海翻騰的一些情緒，是否這次遠行就不再回首，是不是這次真的有誰下了決心。

在問了好幾次以後，終於坦然相信你這顆最亮的星星終究不屬於我的夜空，在那麼多個寂寞掙扎的日子之後，我們依然要分離，你的「不適合」三個字，彷彿變成一根刺扎在我心頭。

我變成一隻刺蝟，緩緩揮霍記憶；你變成過去，成為不能再提的祕密。刺蝟能夠擁抱嗎，曾經他熱愛且能夠，後來，這件事變成問句。

特別

今晚是一個特別的日子，有著一年一度明亮巨大的月亮，難得一見，但特別的日子裡頭少了特別的你，於是特別的月亮也變得不那麼特別。

你曾是最特別的人，一如人們都說要把握機會抬頭看看今晚特別的月，不知道你有沒有想過我的特別，特別了我們彼此的年歲。

愛裡頭，相互折磨和擁抱；愛之外，猜忌依賴與責怪，最後的分開，其實也沒有人意外。所以再多看幾眼吧，在這特別的夜，再多說幾句情話，在我們分開以前。

我想起你愛我的時候，我是多麼特別，不容爭辯，也記得你不愛我的時候，我是比灰塵還不起眼的角色。

溫柔

想起你
在不經意的瞬間
一個回眸
都讓人深刻

記得和你相遇的時候，我們都還相信溫柔就能帶給彼此永恆，只是最後不知道是誰複雜了語言，只好漸行漸遠，直到你突然決定離開，又告訴我這並不是意外而是必須的命運，你口中所謂成長的安排。

你說我會有更好的未來，少了你，可以走得更昂首闊步，沒有壓力。但你一走了之，也沒打算回頭看看我哭得多麼難受，直到心臟糾成一團，腦海一片空白，終究還是用了很多力氣才把自己從泥淖裡拔起來。

一瞬間很想你，下一秒恨自己，怎麼還能想你，不能夠再回憶你。

這是我們都遺憾的事情，是你留給我的刺，讓我置於連擁抱都恐懼的祕密之中，多說一字都太張狂。下一回，別再天真無邪。

無關

昨晚做了個美夢
夢裡面恍若有你
睡醒以後仍然是自己一個
在你走以後
你依然沒把我還給我

如果分開，你能再一次把我還給我嗎？

在我把一顆真心全然交出的瞬間，至少告訴我貨出不退，讓我有猶疑的時間。但即使如此，愛仍然不容許我們狡辯，只是純純地喜歡，就讓整個人陷入你的溫暖裡頭。

我喜歡你，很喜歡你，像是崇尚陽光那樣向著你，尤其在雨季來的時候，總是想著你，只是後來的我們再也不能擁抱了。我成了一隻刺蝟，你成了與我無關的人，成為我身上必須背負到下段人生的一根刺。

扎

牽手就好好把握
心碎過就很難重逢到
最初的那個時候

你是我難以自拔的一根刺，扎在心頭，時不時就陣痛一回，讓人無法忘懷曾經雨天也有你的伴隨。你說，還能重來嗎，一直以來其實不想與我走散，我說時候太晚，當你發現回頭不再有我的身影，我已經哭了太多個夜晚，又為了你苦熬每個白天。

如果可以，能不能打從一開始就好好珍惜，不要等失去誰以後，才想起我們的美好回憶，而最後也真的只剩下回憶。

悄悄寫下這些文字，
猜想是不是也符合誰的心境，
我們都曾活在別人的故事裡，
在別人的人生裡看見自己的影子。
這種時候，好像也不那麼孤獨了，

是嗎？

曾經

你以愛之名靠近我
再以愛之名離開我
說得一樣，卻做得不一樣

一切故事都要用「曾經」來開頭，到了後來我們的情話都變成歷史。

好像不愛了與還愛之間應該要有個理由，只是情節的發生其實沒有緣由，就只是很簡單地不再那麼喜歡。你不想提及我的名字，不願再伸手抱我，在那個清晨以後，我們沒有再聚首。

你會後悔嗎，看來是沒有，而我也沒有，畢竟逝者已矣，過去的我們都像是露珠一樣蒸發在陽光下，現在的我們都已有著自己的生活。

你曾問我還愛嗎，我說已經不愛了，但你記得嗎，是你把我變成那樣無情的。

輯二

「夜裡迷路」

想你的時候，
盡量說服自己，
天上的星星就是你的眼睛。

他們說

我從未思念你
而是想念沒有受傷的
我自己

你說你懂我的傷，所以你不會傷我。可是為什麼理解的人，反而更知道怎樣可以讓我心碎得徹底，連靈魂都被擊潰呢。

他們說，不要讓社會感覺你的軟弱，即使你很悲傷，也要懂得齊唱快樂的歌，因為在他們的心中，憂鬱不過是種傳說。

當你真正遇到一隻刺蝟，溫暖而禮貌，害怕卻好奇，可不可以請你對他好一點。至少不要給他太多的愛，他會當真，以為自己真的還算不錯，以為你來了就不會走了。

可是刺蝟呀多麼地傻，滿身的傷，都說只是自己跌倒，習慣就好，痛久就明白這些不過是過程，也明白有些人並不是真的懂自己的，但我還是想要他們回來、僅僅是存在著也好。

不易

在越來越靠近你的時候，會忍不住停止呼吸，就連一點動靜，都害怕惹你不高興；小小的火花，都可能成為日後森林的災害，那片我沉浸已久的祕境，會在一夕之間不見，所以在那之前，我一直好好地冬眠。

不要去期許、不要去盼望、不要去想像，就不會有流星割破寧靜卻來不及許願的懊悔；就可以笑著對人說你沒放在心上所以沒關係；就可以偽裝成堅強的自己，無所畏懼，向來自由而沒什麼可以阻礙前行。

不去人多的地方，人一多資訊就像海浪一樣讓我暈頭轉向。不在外面吃東西，總是外帶，因為害怕被發現我只有一個人。總是用很快的步伐走過每條小徑，這樣才不會想起曾經有個誰，與我肩併著肩慢慢回到共有的房間。

我知道我沒有資格為你決定，但我很清楚和我相處並不容易，像隻刺蝟一樣認定了你以後，竟變得既黏膩又敏感，懷舊又纖細。我是個不夠得體的、不夠完美的存在，不值一提的對象。但我的確在努力，去相信自己是可以被愛的，甚至被愛是不需要資格的，總有一天，我可以不必再冬眠。

在我最孤獨的時候，我遇見了一個人，但在遇見以後，我依然感覺孤獨，因為我畢竟不能擁有對方的全部身影。假如在一起又要分離，那是我最害怕的事情，我會不曉得，下次自己該去哪裡。

被你深愛

有些時候，眼淚其實就在心裡積成一座湖泊，清澈見底，藏的都是祕密。生命教會了我，誠實帶來的並非全是好事，而謊言也不一定就是惡意的產生。

要用什麼樣的語言，才能描摹現在的情緒，其實就連我也難以言喻。每個人都有那些極其難熬卻任性的時候，通常出現在我們無法掌握自我的同時。例如愛一個人，卻無法確知對方同樣愛著自己；例如喜歡某個朋友，但那個朋友並沒有那麼在乎你。

你是渴望平衡的天秤，但算不清你付出了什麼，只是一直忍耐，一直點頭，一直笑著，因為只要笑著，就好像可以裝作什麼都沒有。只要忍耐，就能夠以為自己不想要。只要點頭，就沒人在乎你是不是真的聽懂了。

好想被你深愛，像我愛你那樣深刻。

說出來以後，也有一種覺悟，或許永遠不會有人成就我的想像。因為我無法深愛自己，自然沒辦法相信對方愛著這樣的我。然而是不是除了你，我就什麼都不是了呢？

刺蝟的生活需要安心，但他與生俱來的尖刺，讓他常常扎痛了人。久了，他習慣在自己的窩裡，即使好想出去看看，也害怕自己的出現會刺傷別人的世界。

只希望有誰來給他一點勇氣，一點光明，告訴他沒關係，告訴他即使他不愛自己，你也同樣深愛著他受傷的心靈。

長大

語言和文字堆砌成的對話，無法描述我們之間感情的分毫。在往事歷歷如煙的現今，用「我們曾是那麼快樂」的咒語束縛住彼此，無限上綱著你應該忍耐的極限。我們都該是好人，好人不該有情緒，就錯以為自己應該懂得大家都是為你好，為你心疼。

只是好人也是人，有時候好人寧願做個壞人，瀟灑、自由、直來直往像把凌厲的飛刀，冷冽而無須多言，想哭就哭，想笑就笑，吃到不喜歡的東西就走出店門，看見討厭的事物，就離開。總以為一個人能夠不受社會控制，那才是真正的活著。

越是明白長大的真義，就越感到孤單，想要假裝堅強和平淡，但一顆真心該何去何從？

在想念你的時候，在真的無法陪伴的時候，要如何才能讓你懂得我是怎麼想的。不論朋友、家人或是情人，我渴望擁有一種超能力，能夠直接傳遞，而不需複雜的解讀，讓你們懂我的心意。

以為長大了就變得麻木，但其實只是選擇無視。你放棄掙扎，以為自己是一個不會哭的人，一條沒情緒的靈魂，但能量只是累積在你心中，一點一滴，等待著迸發的那天。

在那之前，你依舊感到孤獨、感到寂寞，最後只能立起尖刺，說服自己太傷人的模樣就活該不能擁抱，太靠近誰，就欠誰一句抱歉，因為你是

刺蝟。只是不哭，不是不會哭，而這一切都太過殘忍，也許不用淚水洗淨，
傷永遠會疼。

荒謬默劇

當我委屈的時候
我懂得笑著，說自己沒關係

「我一直喜歡在雨中行走，那樣沒人能看到我的眼淚。」卓別林這樣說過。

很多事情真的重要嗎？這些文字，這些情緒還有我們所看見的種種。

在社會裡面我們要懂得隱藏自己，要識大體，要會語言，要懂得笑，只要笑，就不會有悲傷了。身為一隻刺蝟，這些都是重要的事。嗅聞著空氣，注意著脾性，別人的一舉一動都好在意。如果不這樣小心翼翼，生怕就要砸破什麼東西，那是深藏在靈魂的祕密。

生活就是一場荒謬的默劇，我們演著黑白的電影，用誇張的表情面對著彼此。

你要懂得雲淡風輕，要懂得人們都並非故意，要明白大家其實不是刻意要傷你，只是你太過纖細，或是你想得太多，承諾不過只是片面之詞而已。你說，我聽，沒有人會放心底。

傻子與白痴，會是天造地設的一對嗎？知更鳥會有回家的方向嗎？為什麼人只有在情緒激動的時候才會流出眼淚？那麼多的疑問，你不會想瞭解嗎？例如，為什麼人們都想著幸福，卻終究達不到幸福？

是不是我不夠好所以幸福才來得那麼不容易，捉住的鳥語花香最終都要離我而去。但至少當我委屈的時候，懂得笑著說沒關係，反正也不是真的很在意。因為一開始就沒有期待，總比最後落空來得舒服多了。

有種心理學說這是一種「自證預言」，人若在事情發生以前便猜想它的發生，可能使行為變得負面，而導致預言的發生。但我們不得不自保，你能責怪一隻刺蝟為什麼生來長滿尖刺嗎？或許它也曾經柔軟，只是總是受傷。

總有千百個理由為你解釋，卻找不到任何東西來安慰自己。所以走在雨裡，遠看人生是場喜劇，笑得開心一些，就少感受一點，沒關係。

在你面前

到處尋覓著一個擁抱，輾轉過幾張面孔，迷失在城市的灰色裡，忘記自己到底想去哪。曾經的快樂很輕易，只要有你在就是好天氣。只是最近的天空很少放晴，只是到了哪裡都會想起你。

在你面前我不必是誰，只要快樂就好了，所以我才一直甘願和你待在一起。無聊也沒關係，冷笑話也可以，只是很喜歡、很喜歡你。生命就該這樣平凡無奇。

日常的生活裡，你愛我、我愛你。只可惜，人們還是會迷失自己：其實我們只是渴望被愛而已，卻總耽溺在錯的事情，以為是光，就明知故犯地撲火，卻忘了火是會燙的灼熱。

無所不能

愛是奇妙的
它讓我無所不能
也讓我什麼都不能

在你面前談何驕傲，有什麼事大過你一聲叫喚，又有什麼更能令我無所不能，卻又什麼都不能。

為了你，可以改變穿著、習慣、生活、時光、夢境，所有所有你不清楚的和你能辨明的記憶，然後在城市的每個轉角都看見你離開的背影，拉得那麼長。明明已走了那麼遠，卻還是在眼底深深地走。任憑回憶一直走到忘記掌中的時間和歲月，一切都再與你無關。

幻想過粉紅色的婚紗，上頭要有夢幻的童話。思念過宇宙的龐大，卻只在乎自己於你身旁的渺小。最常告訴你，寧可我是一隻小精靈，就可以在你口袋裡貼身收藏，陪你到我們都變老。

只要你好，就陪你到世界終止的最後一秒，再變為你墳旁的一朵花，搖擺不定，但仍然屬於你。

愛你比不愛你來得容易。我無法不愛你，在最疼痛的時候，吃下任何藥物都比不過你一句別擔心；在最脆弱的時候，是你要我堅強起來，保重身體才能夠多陪伴你。我哭、我鬧、我笑、我跑，你都靜靜看著，這樣的人生多好，給我全世界都不換的好。

有你在，多好。我是可以被原諒的，即使沒犯任何錯；我是可以被擁抱的，只要我想要，不必害怕刺到你。盡量柔軟，選擇善良。

獨立

我也不想總是充滿防備，即使選擇善良，盡量誠實，仍有許多懷著不同意圖的人接近。篩選是辛苦的，所以我一概接受，不論是好或壞。我將能夠傾聽別人的心聲，看作是一種奢侈的煩惱。若非被信賴，若無同理，又怎能瞭解彼此心裡那根刺為何扎得如此深，甚至化膿。

在最苦不堪言的時候，如果有人能靠，就忍不住依賴，是天性，是自然。但真正需要誰的時候，往往是獨自一人。我分不清這是上天的考驗，還是自我的磨練。只是眼淚就這樣毫無預警地流了下來，好像心中的水壩不巧缺了一個口，情緒便傾瀉而出。

很多事情是不能說的。尤其是那些無能為力的事情。例如愛你，卻不能幫上你；惋惜你，卻還是分道別離。滿腦子你的事情，才發現自始至終，我仍把你當作最優先。比起自己，你的事情遠遠才是第一。

好像瘋狂地愛過誰以後，後來的人都變成盜版的模樣。可那又不是一種執著，只是一種不甘心和無限的問句，即使答案是不能要也不能說的，我仍想追問對方「為什麼」。

人要學著獨立，這是社會告訴我的；但人是群居的，這是生命的基因習性，我們不能沒有彼此，只是欺瞞自己堅強起來很容易。而在夜裡，曾築起的高牆總是特別容易潰堤。

感冒

假如愛上你
是一場感冒
我甘願永遠不會好

稱不上是什麼美好故事，算不得彼此會走到多遠，只是喜歡的時候總是無奈又煎熬，靠近著你但從來不算碰觸到你的真心。

像淋一場不會停的雨，得了不會好的感冒，思念是種症狀，心痛也屬正常。明知會痛，還是飛蛾撲火，人們說你真傻啊，可你就是忍不住要把他誤認成光，錯愛一場。

想要的東西

想要一個東西，想要到了極點，不知道用什麼條件才能換得那份雲霧一般的夢想。是伸手、是擁抱、是邁步、是奔跑；是在人群中穿梭、在雨天裡尋找、在每個日升月落時始終記得的迷幻。

曾幾何時，被愛與愛人都是需要資格的。想討要什麼，要先秤秤自己夠不夠承受對方生命的重，而對方又接不接得住你夜裡無來由的眼淚。

好像人一生都需要一個「為什麼」，但很多時候我們都無法面對真正的答案，例如感覺淡了，或者從沒愛過，甚至當初相識就是場三月失常的雪，漫天飛舞，還誤以為是春櫻落墜。

我很想要一個簡單的東西，但越是平凡的，我越要不起。有人說我總愛解釋，彷彿害怕被誰曲解一樣，又像住在一幢城堡，空蕩回音，在裡頭張望著窗外的一切，又何嘗不想有人願意欣賞我所擁有的這些古俗。

有人告訴過我，要相信自己值得努力得來的一切。我看見一隻玩偶，五百元。我想要得不得了，卻矛盾地關掉了網頁，哭了一場。我不明白為什麼，也許是我感覺自己並不值得那份快樂，可是我仍舊想要，那就是那隻玩偶的意義。我在追，但我在終點前總會故意停下腳步，不敢再往前去擁有。

仍然軟弱，因為要得太多就會被討厭；依舊執著，因為要得太少同樣會被遺忘。該怎麼做我不知道。我學著在愛人以前先多愛自己，但在不被愛以後，要怎麼再愛，我還在學。

當你問我刺蝟也能擁抱嗎，如果刺蝟可以放下受傷的刺就好了，他不必再防備，記住自己，能哭就能笑。

孤獨

孤獨使我們龐大
使我們渺小
也令我們看得更清晰
自己原來是什麼模樣

如果不曾深深感到孤獨，就無法靜心去聽自己內心真正的聲音，看見光陰茫然的表情後面躲藏著稚幼的自己；就不能潛入記憶的深海裡，探尋自己究竟渴望什麼、追求什麼、期盼什麼。

假如沒有孤獨，你不會明白熱鬧時候的你還是不是自己。如果不曾單身，不會懂得被愛與愛人都是值得慶幸的事情。倘若你的世界始終如一，你要怎麼發覺自己原來還有如此多不懂的事情。

因為孤獨，所以成長。但孤獨並不代表寂寞，孤獨的人不見得寂寞，因為孤獨者心裡仍舊住著某個人，又或者他還懷著一個夢，準備燃燒，即將開跑。少許孤獨可以為生活增加雋永的況味。

當你問我刺蝟也能擁抱嗎，他只是在等待一個人走過來，告訴他：「嘿，我們能一起去想去的地方嗎？」然後並肩同行，風雨無阻，縱使日漸平淡也開心，這才是擁抱的真義。

孤獨不是寂寞的定義。我願意在彼岸等你，只要遇見你，再久也沒關係。在那以前，我會好好充實自己，你就可以抱抱我，說我努力了，於是你來了。想想就開心。

別走

我愛著你的一切，卻愛不了自己一點點不完美。在努力的背後，都只是一句「別走」。

即使我嘗試過了，痛哭流涕得像是這輩子再也不會遇到像你一樣的人，傷痕累累走過翻飛的日曆，卻仍然記得曾圈上註記的紀念日、我們在歲月裡留下的腳印。

所以可不可以別走，在我最需要你的時候，讓我哭到眼睛都痛，滿臉漲紅，看不清你是心疼還是煩惱；讓我自責、無奈、抱歉，讓我反省一切。只要你不走，我可以不要尊嚴；或是你早點果決地走，我們就彼此都少一些疼痛。

我是個多麼害怕受傷的人，但明明我們都同樣容不得再一次的心碎，所以才小心翼翼捧著彼此的靈魂，精巧而透明。

你沒說別哭，只要我看著你，好好看看你。你說你不會走，你承諾我，就像以前的人、故事裡的人、夢裡的人那樣承諾我。

只是我已經渾身是刺地不願再輕易相信誰，不要自己一點任性就讓你搖頭嘆息，不要你在忙碌時還要時時顧念著我，不要擁有了誰之後又是一無所有。

所謂成熟，所謂長大，所謂現實，到底是什麼呢？利益、金錢，或者是來此一生不會後悔的結語？我只是好想有一個人永遠愛我，想要一個很簡單的空間，有我、有你，有我們都喜歡的事物，陰雨天晴沒關係，大餐小吃不拘謹。

當你問我刺蝟也能擁抱嗎，如果你不怕我扎痛了你，就抱緊我好嗎。我不是故意的，我只是害怕極了。有時候，真的好想閉眼安靜休息，沉浸在另一個人的懷抱裡，不要再為什麼而顫抖難安，你願意嗎。

有一天

白天的時候，你是最堅強的人，活得淋漓痛快，笑得好合群，不會被發現你的影子裡帶點傷感。

睡的時候，你終究還是個愛撒嬌的人，在無人的夜裡，寂寞地哭泣。

他們總說，需要的話就找我吧。但怎麼可能又怎麼能夠，把情緒一再丟給別人，所以你一再假裝，裝沒事，裝快樂，裝作這世界還是以往那個美好的地方。有愛有水有陽光，唯獨沒有真實面貌的你。

你說刺蝟是會認氣味的，那隻刺蝟唯一親近你，是因為熟悉你，還記得嗎，你把牠寄養給別人家，然後牠殘酷地死掉了，而我不知道為什麼突然想起這個故事。

當你問我刺蝟也能擁抱嗎。難道你不想先瞭解到底為何刺蝟如此保護柔軟的自己嗎，總要豎起僅存的驕傲，如果傷心，就自己擦去。那是因為刺蝟的害怕總是遠遠超過所有美好的曾經。

愛或不愛

你想要什麼，我給你什麼。只怕懷揣了一生的期待，也比不過你眼底那份願望。你愛或不愛我，其實從來不是重點，而是我看見了你的好，卻怕自己給不起你想要的東西。

即使這是多荒謬的事情。我們竟要靠著「給予」，去留住某個人。總在愛的沙漠裡，希冀他忘了要離開自己。因為他是甘霖，是自己賴以為生的雨滴。這樣的他要離去，是多麼錐心刺骨的事情。

沒有自信、沒有志氣，只是好想好想和誰就這樣慵懶到天明。沒有問可不可以，因為害怕知道可不可以。我們都好膽小，不過就是刺蝟而已。不敢鼓起勇氣去相信自己值得被誰好好地珍藏在心上，總要透過猜測跟懷疑去確定自己的價值，就連笑容都不能輕易展現，嘴角的弧度總是保密。要記得刺，記得保護柔軟，記得不要再一次隨意地受傷。

當你問我刺蝟也能擁抱嗎，我聽過太多類似的問題，但從來沒人鼓起勇氣再來碰觸我的尖刺。他們都曾提及，而無人能真正抵達目的地。就像習慣的那樣，故事的後來我們都不曉得真相。也許我們都希冀著一個擁抱，但沒有人敢先伸出雙手。

誠實

我覺得誠實是人與人之間最重要的事情。如果因為一時的氣憤或是不夠勇敢的卑屈，說出的那些話語都是刀尖凌厲的光影，傷人傷己，可能傷的不只眼睛看得見的東西。

只是在誠實地告訴你我為什麼生氣之前，我的理性都對那些生氣的理由感到失望：無來由的嫉妒和不安，油然生起就輕易瓦解對你的信賴，怎麼對得起你灌溉的愛。這樣的自己，讓自己感到多麼傷心。只是刺蝟的刺無端地豎起，不敢置信地扎傷自己。

我不該是這樣不體貼不溫柔不善良的人，我不應在意，卻依然在意，即使多少人寬容大度，但我的不安遠超我的一切，於是害怕又自私，不禁懷疑起這樣的我也值得被愛嗎？而「這樣」，不就是自己的「原樣」嗎？包含這些宛如尖刺的地雷，最終也是我的一部分。

我有我的理想，但那通常不是我現在的模樣，當你問我刺蝟也能擁抱嗎，我倒想反問：這樣的我你也要嗎。

這樣的我，即使是每次的再見，都說得小心翼翼，只因自己明白，有時一別就可能不復相見。對於你的喜歡如此回報的我，如果你連同這樣的我一併去愛，在看見我的殘缺以後也理解我的破碎，可不可以就一輩子別分開。

值得

因為害怕受傷，所以保持距離以策安全；由於曾經失望透頂，所以不再輕易相信。這世界如此現實，但也必須現實，只有這樣，我們才能明白誰是真正值得我們真心對待的人。

在你與夜晚搏鬥，掩著一條被子偷偷地流淚時，渴望有誰碰觸你瘦小乾癟的心。想起幾個凌晨也曾與誰相談至天明，談至往後人生的花開花謝。最終彼此依然沒等到彼此的盛放，就淡然離去，寧可是命運，否則接受事實談何容易。

我們都愛過某個誰，在還不懂得愛以前。把影子走成長長的一部黑白電影，默劇、安靜、無趣。你走向前，我跟在後，你沒回頭，而我只是看著你的背頸，微傾的身，腳步穩定走著。我悄悄停下了，你不曉得，我們就這樣走散。

值不值得我不知道，愛不愛過我已忘掉。你的好或不好，都不重要。只是笑過哭過，來過走過，然後錯過。

當你問我刺蝟也能擁抱嗎，他不想也害怕。因為在擁抱以前，想起的總是受傷的可能。只能這樣保護自己的柔軟，沒人教他怎麼辦，就總是磕碰疼痛。

節日

五月二十日，今天是個特別的日子，只是簡單無聊的數字諧音，就能鬧騰出幾個笑話，甚至牽扯起過去的某段記憶。在我從未忘記你的夢裡，也還記得這個日子裡你的不解風情。

我應該像個乖順的伴侶，如風般撫過你，安安靜靜、冷冷清清，卻還是執著在細節裡，給人十足的壓力。我反省了，這是我根源裡、生命最深處的不安躁動，每逢節日就渴望有些不凡的事情發生。只好在分開以後，各走各的生活，不談什麼五二零，也不再追逐著幻想的泡影。

是我扎痛了你，傷害了誰，是我容不得世界，還是世界容不得我。我們都在酒後才真正把彼此的眼睛看得深邃。那裡曾經有我，所以格外清楚後來的你不過是撐著，還要我猜猜那裡有什麼謊言和真實，但你早就決定好結局的模樣，不容我置喙就要我陪你演完。

當你問我刺蝟也能擁抱嗎，我寧可自己是隻柔軟無刺的生物，不用保護自己也能好好地活著。獨立自主，自由瀟灑。任由好奇的靈魂馳騁在無人的草原。

讓我反問你，可不可以不要只在節日才想起我愛你，或者，你的愛不要只給到某個時候，至少在我忘記你以前。

每隻刺蝟都有他的脾氣，
他的尖刺不過只是他的防備，
要知道的是，其實刺蝟比誰
都貪圖被愛的可能，所以
節日的意義對他來說，是一次次
愛情的確認。

保護機制

有一種人，在最受傷的時候反而都說沒關係，是一種保護機制，不希望別人看見自己的軟弱；也是一種恐懼，擔心別人覺得自己是個麻煩，就像以前那樣，會有一個厭煩的眼神投到自己身上，即使你不想要。

所以不知從何時開始，我學會掩飾自己的傷心，我不哭不鬧不荒唐，可能笑著的時候反而更痛。我喜歡把人推開，這樣他們就不會被我刺傷。我要找的是那些和我同樣糟糕的人，不是你這樣的好人，但你總說我做得夠好了。

其實眼淚是很燙的，當我不停地把它吞回腹中的時候，我會停頓、感受到那份悸動是清楚地疼著，流過喉嚨直至心裡。

當你問我刺蝟也能擁抱嗎，如果他想要，如果他願意，他願意在你面前哭泣，請你抱抱他，告訴他其實他已經很勇敢了。他做得比他想像得還好，不用再這樣保護自己也可以。

勇敢

喜歡你，但只是喜歡而已。因為心裡明白自己可能沒有那個權利，也已經沒有那個能力帶給誰幸福。現在的自己只能守殘抱缺，把僅剩的愛留在房裡。

一個人的時候就想起你，想起我自己，在臉書回顧的動態裡看見的曾經都像走馬燈黑白電影，不復記憶，卻千真萬確。你愛我、我愛你，你離開、我停留。

當你問我刺蝟也能擁抱嗎，只想告訴你真的不用一直那麼勇敢，也可以偶爾真實地大哭一場，然後我會抱緊你，因為我知道在你的問題背後，躲著一個和我同樣害怕未來的人。

我們都一樣惋惜，對於過去的自己感到傷心，但其實只要我們願意，我們可以活在自己的時區，慢慢往前邁進，直到遇見真正的愛情。

對不起

向所有人說過了
對不起，卻很少
注意到自己也需要
自己的原諒和抱歉

對不起喔。輕而易舉地對人道歉的時候，那種害怕受傷的心情總是深深烙在心底。自責的情緒像黑夜罩頂，等不到天明。只是希望旁人開心、只是希望很和平。維持著表面的笑容跟安靜，讓他們以為我不在意。

只要這樣就好，我曾經是這麼想的，所以傷痕隱隱作痛，只在獨自一人的時候發洩哭泣著。我喜歡他們，所以不願他們多替我擔心，但說到底或許這是種自私，最真實的是我害怕被拋棄。

當你問我刺蝟也能擁抱嗎，他會試探你很久很久，嗅聞你的氣味以後，在某個時候或許稍稍收起尖刺，但他仍然是隻刺蝟。

會在害怕的時候，忍不住刺傷所有想愛他的人，所以他只好、也只能保持距離，於是我們不好不壞，愛也不愛。

傷口

他們說你看起來很好，所以你怎麼會不好呢，你應該快樂一點，才不會顯得格格不入。要在別人問你「還好嗎？」的時候，表現自然，恰當微笑；在被戳痛時，也能夠眨眼就把眼淚吞回腹中，一如你一直以來練習的那樣。

我真討厭有些人看見了表面的完整，卻很少想到內在的破碎。或許我也很固執，所以後來乾脆什麼都別說就好了，畢竟沒有人喜歡聽你為什麼難過。

當你問我刺蝟也能擁抱嗎，也許他也沒想過，只是經常被自己刺傷，所以距離是他必須與世界保持的安全措施。痛多了，就怕了，像是一個世代的傷口，害怕被人看見卻又希冀被瞭解。

理解

你又何嘗不想被理解
只是有太多的沒來由
讓你一再飛蛾撲火

我想這或許都是我們的軟肋，當有個人義無反顧地告訴你：世上沒人比他更在乎你，你是他心上最在乎的那件事情，你會不由自主地著迷，畢竟那就是你一直以來追求的東西。渴望安定，如果世界和平，鳥語不鳴，你們就餘生靜好。

只可惜你以為的被瞭解，在後來還是會遭受磨損，任由生活刮過一次次，甚至後來也忘了為什麼當初如此痴狂。痛哭、難忘，厭食、無眠。

因為看見黑暗中的一盞燭光，再看見一隻手親手熄滅了它，那是同一個人的所作所為，而你知道其實他也只是衝動以後，你對他的事後後悔無動於衷。

當你問我刺蝟也能擁抱嗎，你明知道的，一旦刺重新豎起以後就很難再馬上收攏。他會記住恐懼的氣味，明明知道不是同一個人啊，為什麼還是會這麼害怕呢。

後來的我懂了張愛玲為什麼說一句話：「如果你認識過去的我，你就會原諒現在的我。」原先你說你不懂的，我都明白了。

以為

我的自私讓所有人痛苦
我的以為也只是我以為

一再告誡自己不行，刺蝟不能擁抱。刺蝟如果抱了人，再怎麼小心也會把對方扎痛了。我的自私會讓所有人都痛苦，包含我自己，而我的以為也只是我以為。

我們都以為只要心存善良，只要有愛就可以。但我猜有時候我就是和別人有點不一樣，而那點「不一樣」會隨著時間，把人們拉得越來越遠，讓我虛偽、迫我假笑，讓所有愛都難受。

真心許願自己是個平凡的人，不曾經歷那麼多傷心的過往，即使最終可能還是沒有變化，即使一次次接受道歉，即使遞上再多的話語，都填補不了我的殘缺，於是只能靜靜地當一隻故事太多的刺蝟，然後等待天晴的一天。

渺小

我們很渺小
在世界中堅持
找到真正的自己

溫柔的人才會哭泣，因為失去什麼而徹底傷心；因為渺小所以顯得偉大，每一天都在找尋真正的自己該是什麼模樣，思索著尖刺和柔軟要如何並存在一人身上。

路途上我們跌跌撞撞，不曉得身處何方，一片迷霧，茫然無知，但我們還是可以好好地以定速前進，要相信：只要不停下腳步，總會遇見更好的自己。

說愛的時候

我是真心愛你
但也真心害怕
有一天你說
你不再愛我

愛人只有兩條路可走，愛或是直到不愛，如果愛到了天荒地老，那是我們上輩子福氣；假若愛到中間就散盡，那也只是逢場作戲。

所以說愛的時候，我總有點遲疑，至少當下是愛你的吧，但未來的事永遠充滿變化，假如承諾的話少講一點，傷害就減輕一些。

這樣子的話，誰也不會受傷，你我自以為這樣很溫柔，卻忘了珍惜其實才是真正該做的，至少在不愛以前，好好愛著，而非一味地建立起孤獨的堡壘。

比喻

對我來說
愛你是一件很習慣的事情
像魚活水裡
但魚不會流淚
也不懂傷心太久

我喜歡比喻，因為我總是很難真實地表達自己，所以我像刺蝟，不敢扎傷你，只敢嗅聞著熟悉的氣味才能張開手。

也像隻魚，愛你很習慣，待在水裡本來就是我的習性，在你身邊不需要太多擔心。

只是魚不會流淚，也不會難過太久，只是習慣有水的生活，一旦愛上誰，就以為這個魚缸是自己永遠的家，然後遺忘魚缸終究不是海洋。

不打擾

1

一直有一種慣性的溫柔，好像太過張牙舞爪地張開自己幸福的網子時，反而會讓人不知所措。

像是一個頭一次理解並且沒愛過別人的人，一切都是潔白的、學來的，所以開始思考，社會需要我們多渺小，才能容許我們一點點驕傲。

驕傲地告訴誰，我喜歡你，直白地理解，一加一不會有除了二之外的答案。但是世界卻從來不會那麼簡單。我們日復一日走著，磕磕碰碰地愛著，哭了、累了，最後還是振作了，這是人生而為人的復原力的謬讚。我們永遠還有機會愛一個人，也不會放棄去珍愛一個誰。

我不必壓縮得很小，只要我們剛剛好就好。不吵不鬧，靜謐微笑，就是故事很美好的一節了。

2

有時候喜歡是會膨脹的氣球，一點一點地打氣，容易讓房裡的人都感覺難受；但有時無愛的氛圍反而是可怕的，想被深愛著，卻又不確定自己能不能好好守護這份幸福。

在刺蝟遇見某個人之後，它仍在尋找一個舒服的姿勢，可以待著安心。愛是兩個人互相，不必把自己壓縮到多小，才能顯得不打擾。

要相信自己和對方，都已經是最好的模樣，所以笑到痴狂、哭得胡鬧，那都不過是我們生活的部分。

如果我能是你腦海裡最執著的風景，也會是你日後想起就遺忘的一個名字吧。

3

習慣性地想你，才發現要建立一個習慣並不會太難，否則想念為何是日復一日在發生的事情，喜歡你也是，追隨著你的身影也是。

還是很想見你，但仍有不該見你的原因，譬如不可以太任性，只能把自己的真心話揉在掌中，像是沒傳出去的字條。

好想見你，但是不可以，把自己壓縮到多小才能顯得不打擾呢。只能遠遠地看你，乖乖地想你，靜靜地愛你。

4

告別太難，說再見更難。在已知相愛的層次上，去理解分開的意義該是什麼，我們是要分道揚鑣，為了彼此所謂更好的前程，在似錦的年華裡終要領悟一些事情，這是其中之一。

遠距離戀愛的小心翼翼，把自己壓縮成多小才能不打擾，把自己放在心裡最不起眼的地方。因為愛你，所以可以放飛自己；因為知道你會愛我，所以沒有關係，如果是你，我甘願為你。

愛原來傷人

沒有過缺陷
怎懂得完美
牽過你的手
就忘不了你的人

「想你了」，三個字梗在喉頭，不知道怎麼告訴你，就只能靜靜地和往日一樣，將它遺忘在夢裡面，留下給昨天，才能重新迎接明天。就像我們分開以後，我總要醒悟很多遍，才能相信彼此已經不再有承諾。

怎樣的愛會讓你難忘萬分，哪個人總在你午夜夢迴時？每逢這種疑問，我不想說，卻又得承認，有些人總是難忘得很。

有時候的愛原來很傷人，那樣地殘缺，是因為它曾經很完美，曾經小小的事都能讓你們破涕而笑，抱一個就和好。後來的你是我的刺，從此扎上我的人生。

無能為力

我想努力
但很多事情不是一個人努力
就可以解決的
例如他走的時候
無能為力才是最難過的

你會難過、會流淚、會問為什麼，但這都不阻擋事情將發生的可能，你曾傾盡一切想保護的愛，也要全部跟著他風塵僕僕地離開，你會發現曾經什麼都有的你，原來這麼渺小。

在要走的人面前，我們什麼也不是，什麼也不能，說得再多，都顯得矯情造作，所以後來懂得了安靜，學會了當一隻刺蝟，把柔軟只留給看得見的人。

封鎖

封鎖可以讓我
不再收到你的訊息
卻沒辦法
阻止我想起你

當你問我還好嗎，我知道你不是真心想知道。你只是期待我告訴你，少了你，我不好。

面對一個曾經讓我受傷的人，我不得不覺悟起來保護自己，按下封鎖鍵，可以封鎖掉你的訊息，卻隔絕不了可能想起你的機率。

像是一江容易被風吹皺的池，不容你再輕易造訪的祕境，我要把自己藏在堡壘裡面，不再被你的花言巧語欺騙。即使你問我過得好不好，我知道你只是希望我離開了你就過得不好。

這樣子爾虞我詐的感情誰要？又有誰要得起？當一隻刺蝟不容易，被愛更是。

擁抱的意義
在於尖刺被接受了，
如果能連同尖刺一起愛著，
那真是刺蝟們
世上最幸福的事吧。

悲傷

最令我悲傷的是
你明知道我難過
卻還是保持沉默

比起有人在自己傷口上灑鹽巴，你的不聞不問沒有比較不傷人，像寒冬的冷風呼嘯地刮過，刺骨的那種痛，至今仍然難以忍受。一次次暗示都像直球對決，卻都被你輕易閃過，你是真的不懂，還是佯裝沒事，我並不想參透，只是在夜深人靜的時候，心總隱隱作痛。

你曾說我是你特別的人，也曾許諾過我一顆星星，甚至曾經我們的心靠得好近好近，這些錯覺一樣的奇蹟終究都有夢醒的時分，我不怪你，怪我自己，傷透了心，還是很喜歡你。

輯三

「尋找光亮」

不再像以前痴痴地盼著，
這次是由我往幸福走去。

模樣

太多人視而不見
假裝彼此安好無缺
然後默默地讓刺安上
原本柔軟的後背

如果需要花很多時間才能變回原本的模樣，你會不會還是奮不顧身去愛某個人，在粉身碎骨以後，咀嚼著一句不後悔。

會不會每天盼望著，或許他也不是故意這麼對待曾經深愛的彼此。

愛原來是一件很難的事，後來依然充滿在我們的生命裡，留待我們選擇愛或不愛，即使愛得不容易，卻還是簡單地傾心。

我愛你三個字，是什麼時候開始變成對不起的呢，你想了很久，我沉默不說，最後我們都成了刺蝟，這樣互相對待是不是比較好一點，有點距離，卻不會傷害誰。

戀愛是革命

「啊，我走過萬千山水
只為尋找你的名字
啊，你能否聽得見」——南西肯恩〈蒙毅將軍〉

在這悠悠的歲月，不停地尋找一個回眸；在過盡的千帆，上頭或許承載著一個夢想；在炸遍天空的奼紫嫣紅，藏匿著一個姓名；在燈紅酒綠的時分，孤獨走路的轉瞬，晨曦將起的剎那，你會想起誰的眼睛，誰又會記著你的身影。

一個晚安並不特別，值得珍惜的是他睡醒想到的第一個人是你，於是傳來一句早安，記得吃早餐。你們開始注重健康，只有在彼此身邊才變得瘋狂，他讓你記起青春的模樣，忘記靈魂的痛楚，縱然曾經遍體鱗傷，不再渴望，你仍在他身上賭了一把，相信這一次命運會給你不一樣的回答。

和誰戀愛都是一次偉大的革命，成功了就是一輩子，錯過了也不該可惜。畢竟歷史可以學習，天氣偶爾能預知，而生命的梅雨季，那些海浪的波濤，天空的繾綣，四季的更迭，何能以一字一句輕易解密。

當你問我刺蝟也能擁抱嗎，只要他願意明白時間只是助益，真正的結還在他的心裡。面對幸福的可能，要我們先伸出手才可以，在等待許久以後，鼓起勇氣，一起坐看山融雪水，迎接春暖花開。

快樂的原因

這是由於你的善良
你希望他人快樂
於是你快樂
這並不容易，但你要珍惜

這是由於你的善良，你把受傷的自己投射在別人身上，你祈願所有人都能快樂，不要如你一樣走過一遍又一遍的荊棘路口。他們假若露出幸福的一角，你才能感受到一點放鬆。這並不容易，但你要珍惜這樣的自己。選擇善良，保持溫暖。

你把別人看得比自己還重，在這個人人自危的時代，你不懼嫉妒和冷語，你只是做你自己，還有朝著渴望的世界前進。你所做的每個決定，其實都將回饋到你身上。

我是這麼相信著的，總有一群同類能夠理解你破碎的心，和你一樣願意收起防備，擁抱彼此的過去，那麼生命還有什麼可惜的呢。

想像自己是塊海綿，溫柔地包覆射來的箭；受過的傷，久了就會回彈成原貌。相信著：你已經不是過去的你。

過度付出的人，往往有個自卑的靈魂。但這不是壞事，每件事情都有它美好與缺憾的地方，而我接受這些，唯有如此，我們才能走得順遂，不再執著於散落的花瓣，而是期待下個即將來到的春天。

努力

追根究柢
我是害怕被拋棄的
所以，一直一直很努力啊

你愛我嗎。為什麼愛呢。會愛多久。如果我做錯了什麼你還會愛我嗎。
成天發出無數個疑問，試圖向外求一個心安，卻從沒能先補起心中那個破洞。而風吹雨打，眼淚就從那個洞漫流成河。

追根究柢，我是害怕被拋棄的，所以一直一直很努力啊。只要你喜歡的就陪伴，你不愛的就拋開，有正事就在你回來以前解決，把你擺在第一位，因為你就是我最想望的夢想，遠勝過好好愛自己。

因為愛自己很難，因為太明白自己哪裡有缺，所以可以擁抱別人的傷痕，卻不能接受自己的軟弱。對別人只期待完整，對自己卻要求完美。要做得多好，才能感覺滿足。我不知道，只有在愛的人笑著的時候，才感覺自己的存在真好。

在同學報告失利的時候，告訴他沒關係；在家人考試之前，給他支持與建議；在朋友的親人離世時，純粹地祝禱。如果能夠如此善待別人，那也學著溫柔地照顧自己吧。在那麼多的善感之前，留下一些同理給自己。

你已經做得很棒了，真的，把所有想像得到的美好都給了對方。你要相信再也不會有人隨意拋棄你，假如以前有，那也不是你的錯，只是不適合，而你已盡了全力。

我們沒有辦法改變事實，那就選擇理解，以後的旅程早該各走各的路。當你問我刺蝟也能擁抱嗎，其實你已經把他抱入懷中哄著，宛如小孩。或者我們本來就是小孩，在命運與生命之前，永遠茫然。

即使留不住他，
也不要忘了善待自己。
縱使害怕，也要記得
自己始終值得被愛。

愛別人之前

在愛別人之前，愛自己是前提。只是在這個社會裡，我們總是為別人設想太多，然後替自己限制太多，過度的保護與關心，造就了關係間的冷熱差異，不是誰比較愛誰，只是彼此愛的方式不同罷了。

然而在這樣的環境裡，焦慮的情緒總令我不適。我的擔憂在人們看來是無謂的，曾經我也是個只在乎當下的人。或許我是如此自私，跌倒過幾次就索性躺著不起。我想流淚，但生活不允許弱者，不能逃，不能躲，不論如何，時針總在往前走著，不會因為你的駐足而停留。

我想被愛，因為缺乏著愛，供給不了，就從別人那裡攝取吧。感覺終其一生都在追求著認同二字，或渴望在對方的眼中看見閃爍。如果我乖乖做好，他們就會愛我了。如果他們不愛我，那也許是我不夠好。

我曾是那樣想的，只是我慢慢覺得，有時候關係的結束並不需要一個負罪者，甚至，不適合就只是不適合而已。若非要歸咎於誰，就怪給歲月吧，偏要我們磨練，又不告訴我們怎麼學。只好磕碰一生，直至理解。

當你問我刺蝟也能擁抱嗎，我會練習閉上眼睛，假裝勇敢，承認害怕，仍悄悄地伸手，露出心靈最柔軟的地方，這就是我的答案。

相信

思緒混亂的時候就把問題都攤開來，像風吹過街道的葉子，回歸最原本的模樣，你仍要記得不論誰為你貼上標籤，你仍然是你、最初那個良善的人，沒有人會想要刻意傷害另一個靈魂。作為刺蝟的我們都有相同的願望，渴望著被愛的同時找尋著夥伴。當我們被理解的時候，也是我們最不孤獨的時候。

會有那麼一個人等我告訴他：如果你想我，我隨時都在你身邊，假如下雨了，我們就一起等待放晴吧。

就像一直以來你我期許的那樣，當你問我刺蝟也能擁抱嗎，可能很害怕，但也很溫暖，只要再勇敢一點點就好，再相信一次也罷。相信自己。

生活

累壞的時候就閉上眼睛隔絕爆炸的資訊，想哭的時候就抬頭看看比你想像中更遼闊的天空，分手之後才知道一個人能走的路反而變得寬闊。

太多事情沒有經歷過，不會明白其中的偉大與渺小。散步、寫字，穿喜歡的衣服，就是過好生活的一部分。做喜歡的自己，不過分討好別人。回歸初心，先愛自己才有辦法再愛別人。

當你問我刺蝟也能擁抱嗎，他是懂得禮貌和微笑的，只是時間是必要的過程。重新再去信任一個人，拾回破碎的承諾是趟漫長的旅行。

如果你想陪他走，那就慢慢地走。在人流裡保持清醒，在戀愛中維持距離。清晨時偷偷告訴他，你有多喜歡他，給他自信。因為你是不會比他先離開的，你如此答應。

剛好

你以為他很在乎你
但對他來說
只是剛好而已

久違地跟共同朋友問起你，發現自己成長了那麼些，不再因為一個姓名就無法平靜，在知道你也難過之後，只是淡淡想笑而已。笑人的不珍惜，笑自己的太傷心，因為一切都有跡可循。

你以為他很在乎你，但對他來說，一切都只是剛好而已。他曾說過的那些話，總要有人來傾聽；他幻想過的未來，不是你其實也可以。你想了很久，才接受這個事實。

你沒那麼偉大讓他留下，他也不會讓你從此停滯不前。當你問我刺蝟也能擁抱嗎，只要你愛，為什麼不能；接受自己每一根刺都是一個擦不掉的故事，偶爾也被自己刺傷，但還是有人會愛我們，比那些人更愛我們。

我不是好人，我還是討厭你比祝福你的時候來得多。即使世上沒有後悔藥，但願我們都會從傷痛裡成長為更好的人，像花一樣綻放。

試

有時面對問題之前
我們需要先逃跑一下子
喘口氣、再勇敢
試一試

我們以為逃跑是丟臉的，逃避是解決不了事情的，只是在你承受壓力之時，適當地離開黑暗可以使我們更勇敢。

不管怎樣，事情總會好的。在那以前，你可以哭，可以盡情難過或崩潰，在那以後，你還是活著，這就是最好的生活。

明白不用永遠堅強，也會有人愛你。知道自己即使有刺，也還是一部分的你。夜空中的星星閃爍光明，我們不會永遠孤寂。

把你放在心上

反覆地愛你，是沒有用的。真正把你放在心上的，往往只是看著你走，然後在你受傷時拉你一把，告訴你：「你真的很棒了。」

因為如此，所以我是真正愛你。因為愛你，所以知道真正愛我的人裡頭，並沒有你。我們還是具備愛與被愛的能力，只是我們都愛錯了方向，無法真正貼近。

既然已經留下不可逆的傷害，那我們的未來需要學習的是如何跟傷口共處，如何讓愛人不擔心。刺刺的也沒關係，因為我也同樣曾經受傷過；就讓我們彼此瞭解為什麼這個疤痕存在，再接受它。

當你問我刺蝟也能擁抱嗎，他只是需要一點時間，還有一些在乎。

顏色

要夠有勇氣
才能看見
他和我
是一樣的
悲傷

你常問我那個人是什麼顏色，我的感受常常跟人不同，有時候有些快樂的人的笑容很像沒加糖的咖啡，純粹的苦，單純的黑；他們讓別人快樂，令他人如常，但自己沒有顏色，就只是一杯黑咖啡。

當你問我刺蝟也能擁抱嗎，就像我和你遇見，要相互理解彼此的苦痛以後才能得到的答案吧。文字總在圈裡打轉，不也是同樣的原因嗎，因為我們總不肯原諒自己，不曾想過自己也可以是被同理的那一個。

你是能被愛的、我對你說。那我能愛你嗎，你問我。我很想用我滿身的刺來拒絕你，但我真的真的很喜歡你，於是我們走到了這裡，不言不語，相信再愛一次不會錯。

原因

我就是
喜歡你
沒有什麼
太多原因

有時候總會玩起為什麼喜歡彼此的那種問答小遊戲，好像只有喜歡彼

此的優點才算得上是理由，但我喜歡你，其實沒有什麼原因。

可能是因為你能做我所不能做的事，沉浸在你愛的事情裡；也可能是你讓人感覺溫柔；也可能你令我難忘，又或者你只是在我最需要人的時候，對我伸出了手。

世間燈火，浪花迸發在每一個時刻，恰巧發生你碰到了我。我說我不能愛人，不敢愛人。你說沒關係、就真的沒關係。你要我做我自己。

所以說，我喜歡你，真的沒有什麼原因。純粹因為有一個人，在他面前，我可以是我自己。

想念

天冷的時候我會特別想你，怕你忘了多穿一件衣服；也會特別思及有一個人，會在陰暗的日子中忖度我的三餐。

只是喜歡卻不能擁有，關心只能到此為止，你是自由的天空，而我是只會仰望的海。

當你問我刺蝟也能擁抱嗎，我渴望我是能夠的，如果可以，能抱抱我嗎，告訴我：滿身是刺，也不是我的錯，然後讓我明白，終於有一個人留下以後就捨不得走開。

時間

想念的時候我總潛到很深的地方，躲起來把眼淚藏到海裡頭，鹽巴的結晶似回憶的晶亮。把你當作氧氣，遇見了就能深呼吸，放鬆全身的細胞。

如果我有一臺時光機，我願意重複一直遇見你，在不論哪個時機，都能看見你好的一面。

如你在我多刺的生命裡，總能為我美言幾句。告訴我，每個人都值得被愛，在時間面前，我也一樣可愛。

道別

我喜歡的你
總有天要學會道別

你有沒有過這種經驗：去了好喜愛的店家，卻發現它即將結束營業；發現了好棒的東西，卻已經停產；喝到了習慣的飲料，卻即將要結束供應。好像任何我們深刻的印象，有一天都必須走入歷史，變成曾經。恍惚之間，時時刻刻都在練習道別。

只是我怎麼也學不會在分開裡坦然。明明上一秒還談情說愛，下一秒就瞬間切換成另一個人格。漸進的離開會比突然的變化來得好嗎？如果最終都是要遠行的，那麼還有差別嗎？是不是最終其實仍然是自己不習慣說再見而已。

再見，為什麼是再見呢，明明字面包含著期待與願望，但通常這一聲再見喊著喊著，就再也沒有見面。找不到理由，抽不出時間，而實話是沒有必要。

當我們不再親密，當你不再對我有著閃爍的眼光，當我不再肆意地對你胡鬧，我們便漸行漸遠，開始一前一後地保持距離。或是睡在同張床上，雖然靠得好近，卻各懷心思。這些小細節，你曾經發現嗎？還是我們都發現了，卻都選擇不說呢？

刺蝟究竟能不能擁抱？也許問題不是能不能夠，而是值不值得。我相信每個人都是值得的，只是在那以前，刺蝟要先變得勇敢一些。

再努力去相信一遍：這次就是永遠，而永遠其實沒有那麼遠。找到那個一早就想起你的人，然後試著張開手，告訴自己敢愛就敢受傷。假如他待你真情，你就回以誠意。

每隻刺蝟都想遇到另一隻刺蝟，
看著彼此的眼睛都有相似的淚水，
默默伸出指尖一個碰觸，
咻地產生火花，忽地愛上彼此，
這麼不可思議，卻又如此真實。

懂事

戒斷飲料，但還是會想念，索性泡了一杯少糖的熱奶茶。説服自己，做些快樂的事情，並不影響明天的我吧。

常常在想如今的你將過著什麼樣的生活，那裡的晴雨已經沒有我，不會有人問你加暖或習慣性地幫你開扇窗。那時候不覺得是特別的事，只是為了你。我偏好你低頭笑謝的模樣，我就能理直氣壯地邀功。

在分開以後，我慢慢吃不了太多，甜食也是，反倒理解了喝酒跟抽菸，只為著想跟你一樣，但又跟你不一樣；我不像你，終究不是你，最後的分開無非是場必定的命運。

你不愛我了，那麼簡單的事情，我卻搞了好久才懂。你走以後，我懷疑過自己還能幸福嗎，遇見過幾個人，曖昧過幾個人，他們都像你嗎。上天寵愛，仍然擁有一個人能不顧我的刺也想擁抱我全部的黑夜。

我在那之後不再學習你的模樣，不再假想你也很無奈，只是很單純、很單純，回到原本的自己。很想喝一杯奶茶，就喝一杯奶茶吧，那是當年連他都不想給的東西。

做夢也沒想過，後來有人會在早上泡杯奶茶給我，他教會我自己也可以給自己泡杯睡前的飲料。我不再失眠，知曉刺蝟也有幸福的可能。那你呢？聽說你不好，但又希望你知道，在那個人離開以後，你還是有資格過得幸福。

眼淚

從小到大都被告知要珍惜
但是東西破了碎了以後
挽回不了的局面
仍舊只能讓眼淚去記憶

生命中總有許多時候，是我們捉不住的沙，忘不掉的他，開又謝的花，

只能靜靜看著四季更迭，望著彼此的緣分慢慢地流逝，意識到這些居然是用再多的言語跟用心都無法彌補的。

當我終於知道你要走，是誰都不能留；當我最後明白愛的可能，是我多麼珍惜都不能；當我是一隻刺蝟，曾經在你掌心安心地睡著，又看著你的背影漸離漸遠，我才發現原來刺一直都在，只是被你撫平了。

因為溫柔的緣故，才明白尖銳的存在，但我仍想相信愛，就像過去一心一意只愛著你那樣，等待有個人又能接住我的眼淚。

箭

如果你心房有空
我可以入住嗎
很喜歡你
但你不用知道

你說想看花，我回你都可以，你想去哪裡，我都願意去。我是一發射出的箭矢，只想通往有你的方向，從沒有這麼相信流星，只為著許了個願想跟你在一起。

如果愛可以，希望能把我帶到你身邊；如果愛可以，希望讓你知道再痛的曾經都能再擁抱一次。等到你心房有空，我可以入住嗎？你是一隻太柔軟的刺蝟，笑得那麼純淨，讓人只想呵護你，不再讓你受傷，我答應，只要你肯定。

不足

每天都告訴自己
你已經很棒了
這樣一來
身上的刺也不會那麼痛吧

每當見到別人做得比自己更好，或是想像你已經到別的地方去愛另一

個人，我就會開始好奇自己的不足是不是已經填滿。假如月亮有圓缺，你能不能原諒我也有一樣的殘破，在不快樂的時候，一樣容許我做一個自私的人，能夠不要掩飾地流淚，痛快地活。

如果我們能夠明白，並且每日都告訴自己：「你真的很棒了。」那身上的刺會不會不再那麼隱隱作痛。在偉大以前，我們也有自己的驕傲；在渺小之後，仍然活出個人的精彩。

你也是隻刺蝟嗎？偶爾鬆口氣，相信我們都已經足夠好了，而誰的離開，從來不是一個人的問題，不會只有你來背負。

可惜

你是一個非常好的人
你這麼說
只是可惜我們
不適合走到最後

「我們沒有走到底。」

我終究是好得太過分，遷就你的種種，努力成為你的不將就，博取你的一笑都像摘星那麼努力，即使你多麼遙不可及，都要堅信自己的軌跡走在對的方向。

仍然想愛你，在你嘴中的不合適之後，依舊致力於成為一個好人，讓你可以在回頭張望時有那麼一點抱歉。至少懷念，讓你感慨沒有再對我真心一點，而不是總在敷衍。

委屈

即使喜歡你
也不能總是委屈我自己

喜歡一個人應該是快樂，但在你身邊卻成了傷心，眼淚積成雲朵，飄散在天空裡。即使喜歡你，也不能總是委屈我自己，把自己縮得好小，只為著對方一句關心。

愛情裡，不應該只是一個人的事情而已，像玩著單人的蹺蹺板、沒有同伴的鬼抓人。只有自己在乎規則而已，也只有自己參與其中。

難過的時候記得抬頭，相信遇到值得的人就不會讓你輕易流淚，而一切的淚水，其實都有歸去的理由，絕不會白費。

晚安

一整天下來
等的是你的一句晚安

不知道是哪裡來的勇氣，相信或許你也在期待一樣的事情，可以手牽手去遠方。是偶然一次的會心一笑，我們一起笑點很低，或者你時不時也會跟我說的一句晚安。

只是晚安終究只是晚安，不代表我能就這樣睡在你心房，更不意味我屬於你的未來，或是你也在乎我、像我在乎你一樣。你只是習慣性地把晚安寄放到某個人的對話裡面，然後貪心地享受被依賴的感覺。

很喜歡你，但我也得愛自己。在等你晚安之前，我祝自己整夜好眠。

膽小

早點看破
是不是就不會那麼難受
在我把你衡量得太重以前

兩情相悅，是我能想到最奇蹟的事；而與你一起老去，是我所知最浪漫的未來。

如果我說我很喜歡你、你會怎麼想我，是把這當作一個玩笑，忽略而過，還是跟我一樣認真地把彼此放在心房之上，然後日日夜夜寄放晚安與夢想，把未來變成兩人的事情。

只是早點看破，會不會比較好一點，不會那麼難受，像誰掐著我的衣領，在我把你看得太重以前，一切都還有緩衝的空間，不用一直等你的消息，也能安然自得；不必一定要被你疼愛，也能感覺到別人的愛。

當你問我刺蝟也能擁抱嗎？會不會其實都是我們太膽小，明明只要伸手就可能觸及的幸福，卻因為害怕而卻步。或許，我們可以勇敢一點，收斂背刺。

在你眼裡

這個城市太匆忙，在你眼裡我能不能是你想停止的風景。可能點頭示意，或許微笑，還有，最好就這樣一輩子。

緩緩慢慢地讓愛流淌在世界裡，在不安面前，永遠有個影子擋著告訴我，快樂其實是可以選擇的事情。

與其說愛，不如說當我碰見你，就是被吸引過去的動心，一種錯過了就不再有的可惜。你是我心中那樣重要的人物，不只今日，還有往後。

寫寫字是很悠哉的事情，但其實每個瞬間，心裡都是你。

當你夜裡孤單，
別忘了總有個誰和你
一樣渴望被理解。
這樣一來，誰也不用一個人
忍耐寂寞了。

信任

信任是一面鏡子
照著兩人的未來

害怕遇見説謊的人，是因為我承受不住謊言的重量跟真實的差距。

如果你答應了我，希望你就此不要騙我，説出的話像潑出的水，不能再重新收回。我要這世界簡單如數學，我愛你的時候你就會愛我，你承諾以後就會兌現，包含那些你情我願，全都要是真的發生在未來的某一天。

假如對你來說，實現是件困難的事，我寧可你打從一開始就不要給我虛假的期待，不要讓我終於收起了刺，卻又被你的尖銳扎傷。

我要的愛很簡單，只要你給得起，我就許諾一輩子。如果你答應我。

祝福

可以在一起是種幸運
不能在一起是種祝福

「我們沒有在一起，但是過得一樣快樂啊。」

喜歡你很久了，暗戀你的時間越拉越長，像一條飛機雲，繾綣在天空的角落。慢慢地明白一件事：喜歡你不一定要在一起，或許也可以遠遠地關心，偶爾吃頓飯就是最好的事情。

就算不能看見最深的內心也沒關係，你的疤痕會有別人撫平，由別人帶給你幸福。而我所給予的笨拙祝福，久了也會更加擅長吧。

才知道在一起是種幸運，不在一起是種祝福。我和你的關係曖昧不清，但至少我們過得開心，因為不在一起比起在一起的時間來得更長啊，我們一樣能夠陪伴彼此好久，一樣在長夜裡細細對話，一樣在白日裡做著夢想。

迷路

你想要什麼
我都能給你
但我最想要的你
卻把我變成
可有可無的東西

因為喜歡，所以把自己的願望縮小成好迷你的事情，把生活過得彷彿只剩下你，天氣預報都是你的表情，你的心緒成為我的重心。好像一步一步都要小心翼翼，只因為愛你，就變成害怕迷路的孩子。

我把自己變成你愛的樣子，卻忘了自己本來是什麼模樣，是不是我們都曾在愛裡荒唐，才會遺忘了值得被愛的可能。

我不是你可有可無的東西，也不是你呼之則來的寵物，我是一個純粹愛你的人，只是總是為你傷神。如果可以，你能不能回頭看看這樣的我，不過是渴望你一次重視罷了？

晚安、晚安，親愛的刺蝟們。要相信我們都是很好、很好的人。

這樣的你

累的時候
最想聽見
你真的很努力了
休息一下吧

千里迢迢走到這裡的你，已經經歷過不知道多少風浪，彷佛是將落的

枯葉，你迎來自己的寒冬，不知道春天在哪裡。

這樣的你，其實一直很努力，不停把目標設定在一個高度，命令自己去達成。例如愛一個人就好好地愛到最後，分開以後就瀟灑不回頭，學著一個人把自己過得快樂，不用陪伴一樣可以好好地生活。面對失敗往往是責備自己，卻忘了眼淚也能是下次成功的養分。

沒有絕對優秀的人，但有傾盡全力的自己。不論是什麼事，你真的做得很好了。我希望你知道自己值得任何美好的事物，只要你願意相信，春天其實不遠了，在那之前，就好好休息一下吧。

愛的可能

好想被肯定啊
不確定自己被愛著的時候
總是格外地寂寞

你會愛我像我愛你一樣嗎？在我猶疑不定的時候，幫我打上一劑強心針也可以吧，因為害怕，所以總是膽小地活在別人的期望裡，然後便悄悄忘記自己也有個人喜歡的偏好，只是一味地成為別人眼中的肖像。

你能愛我嗎？這個問題也總是在耳邊縈繞著。在被愛以前，我們都脆弱地渴望，所以不斷地汲汲營營，即使是隻刺蝟也一樣盼望著被愛的可能性。

假如有一天，所有的人都彼此相愛，沒有人被遺忘，那該有多好呢？

陪伴

有時候只是想要點陪伴
例如流淚的時候
抬頭發現還有你在

流淚的時候總是格外寂寞吧，想問世界上有誰能懂自己的感受，或是想奔到大街上吶喊一場，辛苦了那麼久，腦海仍然始終有種混亂的衝動，讓自己無法安靜地休息，疲累的重量則像石頭一樣積累在靈魂上，讓人無法動彈。

可是在那麼多眼淚之外，還有你在，會輕輕拍拍我的頭，告訴我一切都好，會跟我說上千萬遍不膩的晚安，會帶我回到我最想回去的過往，一個避風港，會讓人心安。這都是你。

如果有這麼一個人，我會好好珍惜；假如我能是你的那個人，請你珍惜我，然後我們相安無事，讓歲月靜好到最後一刻。

勇敢的證明

今天難過得哭了，因為難受，因為一些不能説、不想説、不願説的原因，因為一些歲月撫不去的皺痕，所以流淚。夜深，你咀嚼著一個人的夢想，想念著兩個人的故事，像抽一根不存在的菸，慢慢吞吐悲傷，再看著回憶的煙圈一圈一圈盤旋。

但眼淚不是純粹的軟弱，更多時候它是另一種勇敢的證明，證明我們面對了那份害怕，那份原先不願看的事物。

多麼希望被懂得，所以自我鼓勵著，如果累了，可以坐下來休息一下再出發，不用百般奔波，也值得一絲快樂。我想人生在世，最難的無非就是相信「自己值得」。

即使不快樂，也要相信快樂遲早會來；即使沒搭上那班車，也明白遲早有一個座位屬於自己；即使絕望，也要記住黑暗裡終究會開出花來，芬芳不斷。

主角

數著日子活到了從沒想過的今天：我們漸行漸遠，最終誰也不見，是誰先堅決，是我哪邊不夠讓人眷戀，想過一遍遍，沒有答案能讓我服氣。

沒有一個解釋可以讓我好起來，就算你回來也不能，即使輾轉過幾張雙人床，牽過幾隻不同溫度的手，都不行。

總是記著你的細節，像海浪週期性拍打上暗礁，夜裡的眼淚仍然猖獗。笑一個吧，這次以自己為主角，不要再為他掉眼淚。

這次，換你先和他道別。不是誰拋棄誰，是你決定更愛自己一點。在道別以後，同樣迎接幸福的到來；揮別了過去，就是春天的降臨。當你問我刺蝟也能擁抱嗎，他的柔軟會有幾個人可以懂，終有一天可以不再獨守寂寞。

是時候

刺蝟想被擁抱，想要被愛，卻又害怕自己扎傷了喜歡的人，所以不由自主地把自己關在一個玻璃罩裡，遠遠地看著，適時地配合、微笑。

但是時候該看開了，慢慢把刺一根一根柔順地貼在身上，即使你還是一隻刺蝟，但你可以選擇當一隻溫柔的刺蝟，有柔軟的肚皮、暖心的溫度。

是時候看開了，不論是什麼事。別讓不值得的人，擋住你光明的可能，別因過去的傷痛而耽誤快樂的腳步，要相信自己在揮別錯誤之後，永遠值得更好的。

不論以什麼樣的速度前行，
只要你願意，一點一滴恢復自己，
攜著一顆殘破的心去找尋，
一定還有願意擁抱你的人出現。
一旦對方出現，你會明白
這一切都不是白費，原來
我們都繞了一大圈。

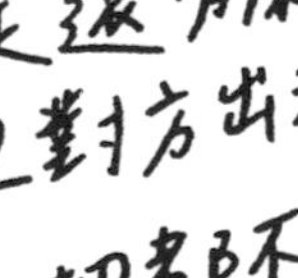

文字森林
READING FOREST
文字森林系列 004

當你問我刺蝟也能擁抱嗎？

作　　者　Kaoru 阿嚕
總 編 輯　何玉美
責任編輯　陳如翎
封面&插畫　木木 lin
版型設計　楊雅屏
內頁排版　theBAND・變設計— Ada

出版發行　采實文化事業股份有限公司
行銷企劃　陳佩宜・馮羿勳・黃于庭・蔡雨庭
業務發行　張世明・林踏欣・林坤蓉・王貞玉
國際版權　王俐雯・林冠妤
印務採購　曾玉霞
會計行政　王雅蕙・李韶婉
法律顧問　第一國際法律事務所　余淑杏律師
電子信箱　acme@acmebook.com.tw
采實官網　http://www.acmebook.com.tw
采實臉書　http://www.facebook.com/acmebook01

I S B N　978-986-507-010-6
定　　價　350 元
初版一刷　2019 年 6 月
劃撥帳號　50148859
劃撥戶名　采實文化事業股份有限公司
104 台北市中山區南京東路二段 95 號 9 樓
電話：(02)2511-9798　傳真：(02)2571-3298

國家圖書館出版品預行編目資料

當你問我刺蝟也能擁抱嗎？/ Kaoru 阿嚕作 .
-- 初版 . -- 臺北市：采實文化 , 2019.06
面；　公分 . -- (文字森林系列 ; 4)
ISBN 978-986-507-010-6(平裝)

855　108006041

采實出版集團
ACME PUBLISHING GROUP